U0122658

孤獨園上的露絲詩集

張燕珠　著

序言

自序：一本詩集的誕生

　　一本詩集的誕生，是奇妙旅程，可能一生人只會結集一次，可能要醞釀十年，也可能是閃電般的構想，如人的壽命或短或長。其實，這一切不在於時間的長短，也不在於詩歌行數的多寡。如果是喜歡詩歌的人，生活的每一天都是過著如詩的日子，形形色色的新詩，如種種想不透的生活。

　　每一個人都是《花生漫畫》中的露絲，平凡又不平凡。露絲希望得到舒路特的真愛，但舒路特只專注於他的鋼琴樂章。露絲又經常和查理布朗交往，但布朗的世界只有他的百變比高犬、飛不起的風箏和發不出去的棒球。在成長的園林裏，人如孩子一樣，都是孤獨地找回自己，懷疑自己，完成自己。人離開了母體，就要學會適應生存，第一要緊的事是要抵擋萬箭穿心的吸氣，然後學會各種學習方法、生存技能，學會接受制度，適應主流社會，

忙忙碌碌地過每一天，過著世人認同的生活模式，尋找世道所謂成功的門匙，然後老去，然後病死。似乎，人在人間這一趟，生老病死之外，就是注定的一場白忙。寫詩，似乎是在生存狹縫裏的一丁點自我空間，是一瓢水，也是一片草原。如此心境，如此語言文字，如此詩篇，記錄成長的過程。

中四那年，我開始寫作投稿，寫一些散文、隨筆之類，更多是的小小說，從來沒有想過學寫詩，也沒有寫過詩，尤其是新詩。一直以為，新詩是玩弄文字的遊戲，是小孩塗鴉的藝術。易學難精。但喜愛讀詩，喜歡古典詩詞，也喜歡新詩。在中斷了十八年的寫作道路上，反而以一些不是詩的詩重踏文壇，跨越自我設定的邊界，看到另一道風景。那時候的想法是，既然已經越界了，不如挑戰自己，寫一些年輕時沒有寫過的東西。於是，選擇了新詩。或者說，是新詩選擇了我。在生存、生活之間，時斷時續寫一些不是詩的詩。那時候，淑宜二姐是我的第一個讀者，她在病榻上，細讀我那些故

弄玄虛的詩，常常笑說：很難明！寫得不錯。又或者說：繼續寫吧，但我不明白，好深奧。其實，她懂得的。辛苦了她！也多謝她！

　　2016年秋天，建基大姐夫猝然離開人間，感到人的無力感，於是翻開擱置在書架上的詩集，隨手翻開洛夫的詩，一首又一首形而上的詩，觸動了那個時候的我，敞開那個心靈，逐漸明白了一些沒有答案的答案。於是，開始隨心而讀《金剛經》，研讀一些哲學書籍，又寫了一些詩評。為了滿足甚麼理論、甚麼主義的世道，故作深奧的過度詮釋了一些詩，真的苦了詩人，也苦了當時的自己。詩，發自內心，立於文字。寫作時，我想，詩人應該不會為自己設下主義或理論。如果是這樣子，應是詩的葬禮。分析新詩，會有很多方式，好像鏡子，但愚以為印象式評論是善待詩的合宜方式。在寫新詩、寫詩評的日子，是一種享受，享受生活給詩的多樣性，也幸運遇見詩，賦予生活的可能或不可能。更幸運地，在工作的院校開辦新詩工作坊，在

物慾橫流的香港，似乎是一件奢侈品。居然，有一群赤子之心的年輕人報名，在中式園林、學生餐廳、公用空間等不同場所，輕輕鬆鬆分享、交流、欣賞大家的詩稿和想法。詩，沒有好與壞，只在於是否屬於自己，能否表達自己，通過詩與自己溝通和外界交流。今天，也樂見他們繼續寫詩，詩作繼續獲刊登，證明我的初始想法是可以的。

2018 年夏天，突然，知音弦斷。淑宜二姐悄然離開了，我沒法提起我的詩筆，詩意也隨她而去了。我想，我應該會放棄詩。擱置了一年多以後，在今年立冬翌日，重遇智者。智者淡然地對我說：你來了，要常來啊！這一句話，敲動我的心靈。求學時，每年回鄉探望爺爺，他的第一句話會對我說：你來了，要常來啊！晚宴時，智者竟然對我說：你在這兒！這句話讓我回到童年。小時候，每次和小伙伴玩耍，喜愛隨處亂跑、亂躲，爺爺總會不厭其煩地到處找我，見到我的第一句話是：你在這兒！不同的語言重疊相同的見面語，在不同的時

空、不同的人身上重疊我的記憶。我呆呆地回應了不知道是甚麼的甚麼，也如木雞般在那裏逗留了兩天。人生，是一場注定。

　　當天晚上，我構思了一些詩句，回去當晚把它寫下，好像我的詩意又回來了，我居然重執詩筆。過程中，讓我重新明白在幼小的時候，爺爺給我那三道錦囊的真諦。我適時打開了它們，只是想不通，卻照著辦妥。原來，爺爺一直都在。寫了〈一滴水點〉後，在不平靜的日子裏，我又不期然地寫了一首又一首的詩，寫了一些自覺還可以的詩。像寫〈孤獨園上的露絲詩集〉長詩的想法，醞釀已久，卻刪掉了又寫進了一些，都不滿意，都不成詩。最後，自覺地返回清淨心的根源處，逐節經文細讀，寫成逐節的詩，憶起知音，摒棄了艱深的語言文字，寫下當下的那個心境。完成後，內心感到無比的失落，又無比的平靜，更感受到背向大海的那個海的微妙力量。

　　今天，有幸結集數年間斷斷續續寫下的詩篇，

又是一次人生的回眸。人與人的相識、相遇、相知，十分微妙。謹獻上這本詩集，給天上面帶微笑的爺爺、建基大姐夫和淑宜二姐。也多謝上天安排的一場注定相識和相遇。相知、不相知，也是注定。

風在那裏，詩在那裏，你們就在那裏。

2019 年 11 月 17 日書於燕里齋

2021 年 6 月 12 日修訂

弦緣

追趕著　追趕著

在柏油路上　追趕那失控的風箏

在失去的城市中穿行，雨夜中

流淌　雨滌淨人生的開場

手中的線拚命地收放，無奈

城市柏油路搭不上鄉郊的阡陌

趕不上送上一句清新的問候，剩下

你和只能在混沌的時空打滾

手中的線越趨崩緊　風箏在低空中盤旋

無法在高空競放，一起

找尋那飛躍的時光，只好

吞下將漸消失的光環　夾雜於城市中堆砌

掛墮在那棵不可雕琢的朽木上

撫弦孤寂的調子

讓酸楚的淚水向往昔灑淨

凌亂了紅塵，曾以為

幸福就是你我窩在那小小的沙發上

傾聽那醉心的旋律

撥動一絲絲傻傻的愛意

無奈　知更鳥在我們心內築起時牆

陣風帶走彼此恰當的言語

打撈不起那映照在渠道的月色

青春每天在流淚　抓不回曾經的初心

你說我已走得太遠　太遠了，但是

我卻只停留在當初相約的地方

就讓對錯交付給明天　讓時光揭露

手中掏出一個銀元　決定那明顯的命景

（公你贏　字我輸）

今天是昨天的明天　時間每天重複的迴轉

陌生的熟人每天在唸唸叨叨那相同的對白

呆呆地仍在等待內心的乾涸，只好

每晚去細數鈴鐺的叮嚀待入眠，或許

在卡式帶中找回往日動聽的聲韻

撩動心中甜言結疤，夢中

在那無人的斷河躺平　壓平心中摺痕

把那糊塗碎心掃落　裝裱在一面無緣

鏡框　讓心偽裝灑脫

承著風甩掉了那棵枯木，吹起

那墜落的風箏　再次

譜出新的音調

在逆風中起航

從 前

（從前）　是一個童話的開始

（在很久很久以前）　是美好故事的開端

白馬王子與公主、三隻小豬、仙境遊中的愛麗絲

是每晚睡前渴望傾聽的言語　曾幻想

在床沿的巨人撫摸著

在甜甜的暖意中入睡　是溫柔細軟的聲響在夢中

選擇一個沒法完成的願望　遺落

在龍眼樹下與小同伴高唱生日喜歌

狂風吹動了還沒成熟的龍眼

龍眼葉掉落憶起鄉愁　何止鄉愁四韻

躲在那時光隧道中無奈地自轉

灑落在斑駁點點的藤椅上

訴說著那個紅粉娃娃的故事

沒有晝夜　抱起照料日常

深深耕種童話王國的三道錦囊

返回現實中的原味返樸和平淡

不再穿上玻璃鞋與王子在宴會中起舞

一個人瑟縮在南方一隅

在圖書館裡尋尋覓覓童話

每天把那貼身的閒話晾曬

獨自　感受四季存在的冷冷暖暖

　只好

唱著零時十分　在許願　嘗試

接受那辜負的幸福。

還是竄進被窩去等待一千零一夜的痛苦

為何萬年青都會褪色

輕輕敲動我心中的煩憂

只能　在含蓄言語中窺探你我的祕密

無悔青春的重塑　沖淡那枯竭內心形相

電視機又傳來滋滋噴噴的點評美食

追趕著牧羊人歸家途中的日落霞光

在無眠的浪白月亮陪伴下　等待下一個晚上

聽　那從沒有開始的童話

觀塘海濱花園

這裏就是觀塘公眾碼頭
對岸是郵輪碼頭
你帶我去夢想的國度遊玩吧
波羅的海　夢想中的彼岸
不如　追蹤波羅的海指數吧

鏡子移置了你我
拉長了我　歡迎加入長頸鹿族群
壓扁了你　做了小人國的國王
還你雙倍的腿長　成了高腳七
還原了你我　眩人心目
都只不過是拉康的把戲罷了
一個分裂的主體

不如試一試新的渡輪吧　郵輪
錨定　我一定會給你的
在前方　我帶你遊園

白花羊蹄甲　勾引黛山綠油

宮粉羊蹄甲　粉腮淺紅過長廊

黃鍾木　不用比黃花瘦　也不用採菊

中葉欖仁　只長了嫩葉　不如細葉欖仁

楓香　脫去了紅色的外衣

驚夢　別以為自己是杜麗娘喔

重泊　現實中的此岸

觀塘公眾碼頭　憑欄杆

水影微浪聚紅愁

下次　下一次　下一次吧

戲言還依舊　望天涯

我們——徒步吧

一隻雁劃然　飛過

聲聲　驚遠夢

原載《聲韻詩刊》2016 年 8 月總第 31 期

文禮路上

越過大圍隆隆的鐵路，沒有記憶一樣長

穿過疊疊層層的免費食糧陣

默唸了派送員隨報附送老友記的金句

退去了繁華的老食店，奔向杜鵑花叢的一方

是陣陣刺鼻的魚臭，乾煎了一池的城門河

吹皺了途人的眉尖

飛渡覓游文禮的國度

文禮閣絮絮關掉了銀燈，萬家

今天重印了昨天的步伐，昨天

跟明天是雙生兒，沒倆樣

莘莘背上知識的書包

明天或者有一種叫做希望

大人緊握幼稚園的寶貝，撐傘、芭蕉扇護駕

叮囑又託東風吩咐，像是赴京應考

小學生的圓頭圓臉，密密挨，一個貼一個
一天的課堂，沒完沒了
中學生三五知己趕市集
情侶綿綿拉手，又揍手
都是趕上文禮路的嫩青過客

四年後的寶貝，模糊了印痕
六年後的小學生脫去了顏色
六年後的中學生架起了世俗
過盡，都不是，浮雲亂叫

曾經是爆滿的金黃色千禧校舍
朝氣層層向上升，是校門旁的白蘭樹
飄香，飄落了粉筆的微塵粒子
歲月叫她露出妝容下的老態
籃球架歪斜，俯瞰
縮班、殺校、出生率下降，重災區

總有一間在附近

絕處無路歎從頭可退
相逢在分手路上的盡頭，竟然
睛驚香港文化博物館的屋簷
文化，是文禮路上最後一道相聚

原載香港文學生活館《我街道 · 我知道 · 我書寫》
2016 年 7 月

達之路上

越過黑壓壓的人潮
沒有愛的潮水
也不用觸踫紅綠燈就可以走進大型商場
一色一式列陣展開刺人的爆光
都是別無選擇的閒逛
已成為今日的範式

退去了連鎖式商店
奔向學海花叢的一方
是剛勁十足的大學
煥發桃紅小花朵綴滿枝頭的躍動
正是我
昔日收割而成的
唯一的一朵花

今天
心中了然

重印了昨天的步伐。昨天
我沿著顏色區域遊走
心驚於
纍纍的書本負了年少的
青色年華

一列長長的記憶從時空裏迤邐遠去

蕩在
達之路上
只有一排排看似是鍍金的屋苑
或許會把一所所中學塌陷
又一，堆疊起更多、更高的金塊
這叫做創新，或者
顯示生產

不

作為一種存在

是一場教學

是一片冰心

原載香港文學生活館《我街道 ‧ 我知道 ‧ 我書寫》

2018 年 2 月

過卑路乍街

卸下十八年肩上的重擔
偷得一時半刻的安閒
明天的打算今天難算
只留意當下行腳的彳亍
身影拖拉回到兒時蹓躂的舊街——
卑路乍街

眼球已眨動了一幕幕緬懷
舊大樓夾雜了千萬豪宅身價
傳統的大門名稱鑲嵌了不解的番文
遲來的地車終於到此落腳
緩解了電車百年的辛勞
舉望洋名與卑路乍街同名的屋苑：
爺爺說這原是昔日防衛炮台
炮台抵禦了外敵的炮彈，最終
卻淪陷在發展商銀彈的滾動
只好屈就去鎮守那無浪的海防

附近隱密的防空洞已坦蕩蕩
成就了大媽舞動軀體的廣場

走到不遠處的卑路乍灣公園
熟稔撿回兒時遺落了的童真
古舊的航燈及大錨依然健在
可否給這老街坊：

　　　導航光明正確的前途？

　　　　安定漂浮不定的心窩？
公園的大草坪仍然是自由又翠綠。仍記起：

　　　釣魚攤位遊戲的大獎——兩粒糖果甜甜滋味！

　　　滾球攤位遊戲——贏了一枝鉛筆喝采風光！

走出公園，巧遇久違了老爺叮叮 120！
爽然跳上，但——
是否接引我要到的方向？

後記：詩的題目和創作靈感源自戴望舒〈過舊居〉。

原載《香港作家》2017 年 1 月號

麵包的滋味

她在狹窄的廚房中烘焙

溫滿一屋人香濃的口和胃

搓和一團鬆散的麵粉

滲溢溫冷的汗水和疏密的粉末

點點懸浮的粉末與空氣的粒子碰撞

在暖熱的麵包機中飄瞥徘徊

家人如雷如箭的鼾聲伴隨風而歌

微香的氣息驅動了雙手向前輪轉

轉動下去的一瞬又再舒眉展笑

印上圓嘴圓眼圓臉隔幾層

來一塊熱烘方正麵包，熨平你

早起來褶皺迷夢的軀體

一雙粗活的手塗上果醬作裝飾

粗粒花生醬是重口味的不歸路鋪設

幼粒花生醬是長流絲絲的口訣預習

舉一杯咖啡奶釋放徹夜達旦的睡意

那管再苦也釀出久香的濃甜

不如對杯邀日共訴說的輪轉

轉旋你放入的日夜又朝暮

葡萄味是孩童無聊的拾趣

朱古力味總是薑餅人失落的玩具

原味是返樸的呼喚或是平淡的再現

表現日光下的赤手勞動與出賣青春

白麵包突顯了自己去鹽去糖的滋長

是家人不解的滋味又在熱烘中翻牆

有人曬晾五星級酒店的限定麵包

且嚐一口無添加的白麵包的平凡

原載《聲韻詩刊》2016 年 10 月總第 32 期

人間的滋味

文化交流並不容易。我們越過邊界，不一定能欣賞另一邊的風景。但不越過邊界，就連欣賞的可能也沒有了！

——也斯

筷子放下歷史的箸
在盆菜裏暢泳，堆砌的珍饌體驗人們的注目
挖出底下的青菜蘿蔔，是原始的呼喚

路邊潮州打冷小攤，負上
不潔的罪過
白飯魚、蝴蝶蝦、滷水鵝片架起菜館尊貴的滋味
元朗八鄉的四寶是今日的消防局，謝幕
鴨配香茭、雞配薑蔥，是物性的規律
動物性與植物性遠離了自然性
是工廠罐頭的標記，如銀蛇爭嚙人肉

炒飯擺弄雪藏的代名詞

叉燒、雞蛋、花菇、冬筍換取清香的窩心

桃子、香蕉、草莓、玉蜀黍也可以轉移味蕾

放進煎餅、蘸進牛奶、塗上牛油、灑上鹽

制度籤牙了規管，失去了初始的觸感

有些華人唾棄的雲片糕、芝麻卷、馬拉糕、千層糕

彷彿是基層影疊的符號，是洋人邊界中的珍饈

今天，廣東老火湯跟瑞士蔬菜湯打交道

說出彼此的語言，越過邊界

陌生的國度，說出了新的名字

詩禮銀杏，不過是白果與蜂蜜的一場熱戀

飯桌上的逸聞、掌故、人情、世故

是低頭族屏蔽了的風光

微距離，如許一片接觸

涼茶、大牌檔、醬園，是徘徊的幽靈
喝下苦澀的老區，逃不出囚籠的一生
卻跑到法國南部喝魚湯，夢化了路易貴族
騙取萬人點讚的快感

五穀粥影照出病人的位置
誰憐農民仰天的五穀豐收
桌上的鹽總是灑落在月光下
癡戀白麵包的絲暈

苦味的橡皮黑糖，如此泡幻牢固的枷鎖
以為是調戲，只是博取妃子一笑
工廠的戲法變異了食物的本質
防腐劑、冷藏、改造基因
是食物權力的品牌

超市的雜色選擇

掃落你一地的選擇，換了一團肉也換了三高

食物供應的壟斷，品種的單一

食物越多越飢餓

書寫不出的味覺，只剩下

口感、彈牙、爽口、甚麼有甚麼的味道

食素是油膩的出口

絲竹品茗是掉牙的玩意

聲聲驅到消費社會的邊界

口號的慢活是說了就算的金光

喝茶吟詩是競技場上的絆腳石

農家菜、有機菜溫存了石屎籠中人

蔬菜背後露出一塊金磚

開墾陶淵明的農地，貼上直送、空運

飛渡繁華挑剔的舌口

首富早已改吃清粥

中產張貼鮑魚燕窩極品粥

身體與飲食斷裂

明天起來自己如羽漫逞越界

後記：讀完也斯《人間滋味》後，感於為食物文化而存，
源於為人間生活而詩。

原載《聲韻詩刊》2017 年 2 月總第 34 期，略有修訂

生日的滋味

三年又二百六十一日
生日蛋糕滋味相去日遠
誰會為我挑選限定蛋糕？點綴
心思訂造不平凡日子

生日復去又來，不過如此（真的？）
剛過去了，吃了一塊薄切片生日蛋糕
不是圓滿的一整個，只是孤零零一片
咖啡店會員的點讚生日禮遇
拿出會員卡，跟店員說：拿取生日蛋糕
卡嘟嘟滑過冰冷感應器，算是過了一年
沒有選擇就是最好的選擇
生日那天奉上指定滋味——免費
失去了款式選擇，更沒有晚餐盛宴
怎會奢望深情和唱！匆匆吃下它的滋味——沒味兒

生日不是指定假期，總是被公事延誤步履

工作是不要急只要快的浮萍

蛋糕那種味蕾，沒有越界的餘味

人生滿是冉冉的意料

不會再探問童話王國甜味

家中一個人，裊裊一壺淡香綠茶

化成青青無際草園鳥兒伴吃

一星期的煩惱如螞蟻疏爬

一個月的等待如蝨蟲慢嚙

一年的願望如蛇影輕搖姿

秋風掠過翦影，又是破浪尋覓夢幻

惹起天南的一回花開恬靜

越過地北的一趟葉綠誕辰

且細細嚐透一個人慢活寧靜

印 書

硬物刻劃成歷史的城牆
軟筆書寫是久違了的初吻
篆書向圓轉直的隸書方向疾走
誰會在意呢？

誰想起，雕版印刷術
佛經哪知曆書萬年新
作家文集方悔字集韻書遲
上板、發刀、剔空、拉線
天工總會開物

推曆算來，畢昇的活字版
泥活字、木活字、金屬活字
教書先生也來追逐詩書畫
藏書家偏愛雕版，總算是聚珍本
塗版印刷依稀色彩，灰暗模糊
餖版勾描分版想做原稿用色

倒置，拱起雕版印刷上的花瓣

官刻操控在國子監，知識的刻印
權力賜出監本、經廠本、三朝本
本本是難唸的經
私刻絕妙在江浙汲古閣
計頁酬錢，不是斤斤計較
藏書家的精刻本，校勘家的佚書
書坊刻書印出刻書世家行銷全國
不是今天家中牆上的紙堆、鋪設地腳的紙板

天一生水，地六成之
藏書家的遺存日與月安臥在天一閣
笑看火、水、蟲、鼠、盜
今天退回的文集愁困火與水中
總望蟲鼠殷勤探望，嚙、嚙、嚙
誰來慰我盜一回？

原載《香港作家》2016 年 5 月號

悲劇的誕生

燈伸出手掌，挪動軀體

敘述影子的故事

猶如憐憫飄落的玫瑰花瓣

是否找到屬於自己的居所

卻無法居住在一個森林裏

恐懼風雨結隊降臨，皺起波浪

描述凝滯在空氣中的幻想

鏡子懸置在牆上的邊緣

淨化對岸女人的臉龐

穿越光譜，變成裸露的影子

純粹是身體的折射，清聽鳥兒

錯誤迷戀披上花瓣的舞姿

鏡子與影子是腳尖的兩端

燈把女人置在中間，鑲嵌在木欄上

以此，美化歲月的窗口

時鐘是時間的行動者，大聲談話
製作時光流動的世界，停泊了歸航
秒針在白晝裏行走，等待好運
分針在黑夜裏行走，驅趕厄運
尋找懂得歲月的效果，傳來陣陣
引導秩序的步履，統領場面的界線
卻觸不到影子的尾巴

掛畫是畫家的靈魂，抹上了
色調，是主宰性情的光
線條是為自己加冕的想像
追趕騙人的情節，又甩開了逃離的小徑
不，不要管方式，仍在
看燈火下照明的對象，在鏡子裏游走的思想
畫出真實與虛假的界限，追捕黑影
繼續思考未完成進化的影子路

旅行者親吻泥土的腳踝，在這一點光亮下

靠近印在大地上的事件，默然無聲

喚醒自己，完整的自己，晨星的起始

走向褪色的鏡子，是高貴與低賤

倚靠將掛畫攬入懷抱的女人，高高低低

有一天

嘲笑時光的長度，使勁推開了燈

為甚麼，會留下影子的份量？

原載《聲韻詩刊》2017 年 6 月總第 36 期

一滴水點

沒有任何回答比這句話更加親切
你來了！要常來啊！
雲在海浪上留下一塊樹葉
從龍眼樹上滑下之後發現一滴水點

在遠遠的風聲中攀升到浪濤的頂點
看到天空皺眉拒絕龍眼葉的歌唱
如一面又一面鏡子排列的八陣圖
偶然在憂愁中又撒下鹽水
味噌那盤百味的早餐，才是開始呢！

在黑壓壓的沙灘上，撒落的海鹽化成冷清落日
留下空蕩蕩的腳印，讓那塊葉子繼續漂泊
泊到那圍成圓陣的海鷗群中。等待救贖

龍眼葉的堅持和夢想
早已抵達彼岸的另一端，痛苦充實的旅程

它的血流淌在木頭的上端

觸及濕潤的泥土，以為會播下種子

原來是生繡的樹根，是農夫手中的鋤頭

結束已經開始。還有幾回五指山上的輪迴

跌進沒有落葉的秋涼

等待，以為是此岸的盡頭

仍在雨中盪鞦韆，搖晃的夕陽

是缺色世界。比無夢的午睡更加可怕

在尋找路上遇上荔枝樹

錯愛了一場又退回到海浪中

雲從容掃視，說：你在這兒——

從天上掉下來的小水點

沒有今日，沒有昨日

練成被選擇的眼淚

溶化成兒時爺爺黝黑臉孔：我一直都在

懸掛在，點點光芒中——那一道白光

風中旅程

天煞孤星劃過，我以為映照自己
你重重的到來，打破千年懾人詛咒
破舊洞道光纖線路，穿過海底隧道
戳牆而入，蛇蚓紅紅一線，月老
舞指重算來到深深處尋找新題
悄然牽動你的左手我的右手，往來
一盞濃茶，滋長起來，原來是愛情

甜蜜音符在管道中集結排隊想起暢泳
電線、紅線、無線，斷線，尋遍
遍尋，亂舞一雙臂彎，小生迷宮粉三千
找回自我，迷醉羅裙舞，惹起相思
凝聚香淺的暖意，踏上太陽天梯
風的腳步欲墜欲下。隨著地鐵人潮聚或散
輕掃鍵盤暫得一片明淨，納蕤思臨水
低垂那最佳位置，鏡子惘悵沉沉吟唱
隔一重紗窗疊起紅豆顆顆，在八角盒內

編織浪漫，編製飛歇的水中倒影
讓蜻蜓填滿一室牆壁的空白

牽牛星光芒劃亮了眼睛，漫漫孤影
嫦娥度假去，一盞燈晃動一屋空蕩
玉兔看杜鵑花，又來訴說昨日太陽光
一床美夢唱起醒來的蜻蜓，剪下昆蟲尾巴
繡起絲軟的鴛鴦枕。多少次指頭見紅絲
也要趕製，被繡衾住熒光幕
打開另一封甜蜜電郵，總有數件人築夢
空中偶見一輪生肖的年距
遠方閃動恨恨的淚水
溫柔落下滴滴祝福聲

他與她看那淺淺江水，沖走一夜夢話
默默寫起戲劇性獨白，青鳥如期赴會
留住春風裏的花事，又見多事的風雨

吹皺初晴雨後粉黛，頻頻傳遞歌聲
那來自泅海的長長廊道，偏愛
遙遙送來相思一瓣瓣，等待嘟嘟嘟
遠方的一聲通知鈴，總是這樣寫到天亮
總是那樣的郵件頻頻換上冷與熱
思索比片語還要短的文字，直至
一扇門引向清清的一地月色
照出尚未入眠的空想
透出舞鏡前的尾巴，空漫漫唱著往事
青鸞也來訪，記起千年共枕眠的傳說

你扛起雲山外的鬼話，登高看風
我賭注連篇流入溝渠或汪洋，不管
樸實無鑽指環橫空豎起戀愛的墳墓
羽毛筆繚繞新人新泉臥看雲衣雨裳
過客的相機咔嚓，抵住他們的歡呼
暗角遮掩你偷偷拭淚又多愁的那眉尖

最豐厚人情付與燈影落日晝與夜

我要你做這趟旅程的指南，萬里外
你說只管負責指東跟指西，忘不了
你喊我是古代英雄，木棉吐血飛翔
我說你是現世公主，錯信了柏拉圖
你想在撒哈拉游泳，攬盡十里風光
我卻要在亞馬遜晾曬，魚步續前緣
甚麼豬朋狗友閨中密友剔除記號
從此在記憶中亂彈自唱二人軌道

在行程中我曾失去方向，趕路修補
不了感情缺角，似天涯布帆風色掠
星河每天都在交戰，以為有人在半醉
有時我們停下來看秋暑，或爭奪那天空
如墨水不分方向，流向朝朝暮暮的海洋
一湧波浪聲延伸到天空，說一個故事

眺望一個神話，無盡的懨懨結局

我自鳴做天外詩人，不知道飲露

留住春天，忘不了走到人間

聽似是雨，卻是風，來一次搖動月亮

月痕卻憑著詩意再生，想起李白

說獨酌，原來未醒，回來偷看春隙裏

那片當下的心，打算重來一遍，等

待哪天你沒有戳破這只不過是失業藉口

公主脫去絹絲手肘，換上鬱鬱紅膠手套

扳我回到道路的正途，鏡中轉移影子

臨窗人伸出慾望，重新坐在白色床沿

簾子下初上的欄杆映照你的失眠

太多失掉了魂的書寫，只記取那些郵件

望向一幢幢大廈的燈火，又隨往事過去

月色清光漾鼓催喉語：可否給我一個機會

遠眺維多利亞港灣晚色，懷抱聽風在背後

從此答應留下來在存在和不存在之間
即使沒有蝴蝶鴛鴦鶯鶯燕燕，都可以唱著

我們打開青蘋果上的地圖，恍似粟米香
又似是稻田的新，再不用守望麥田
採下數不盡的穀粒，留給你一份溫暖
暖和那理想地圖集。水鏡上滿池的蟲魚
終於喚醒了，喚醒鏡子中的影像
一起締造童話的國度，花開飄散的清輝
詩情創造傳奇，打點遠行裝束細軟
沒有比這更給夢旅人的梨花
但不帶雨，一些香裊為你移過去
停泊在額頭上，淺印熱唇一片片
找到新詩句裏的芙蓉
寫滿一臉櫻桃味的雙雙旅人路

忽然，一陣細雨搖動，指向新詩題希望

圖書的秩序

聽說開卷有益，現在的書，一頁頁的
哪來的一卷卷？現代人也分辨不了上卷或是下卷
上冊、下冊，上集、下集，上篇、下篇
成就一堆堆書籍，蒸發掉搬運工人的汗水，轉眼
化身一個又一個符號

告訴你，簡牘就是竹簡和木牘
中國圖書的始祖
一根竹片，你見過沒有？
策不動一頁《說文解字》，一冊動起一片竹林！
麻繩，麻纏起歷史的鏽跡
是勞動者手背上青筋的雕刻
只是一塊木板，不是柚木地板
是籍，也是簿，刻下物品名目，刻下戶口
帛書，想不到是衣服上的文字
穿上縑書、素書、繒書的外衣
都只不過是植桑養蠶

開墾桑田又蠶食血汗

數典變成典故，總不會忘祖！
學富不如財富，但願不只五車！

紙寫本書，說穿了是蔡倫的樹皮、麻頭、破布、漁網：
絲綿紙的誕生，舒捲傳情——
洛陽紙貴，還看〈三都賦〉
今天的詩集是將軍澳墓塚上的鮮花
墓園看守者剪裁一生的守候，似等待
岳家軍的保衛，也一睹糞自珍的護花
輕輕散落在空中
爆開油墨機噠噠過客
輾過貨櫃車隆隆的尾程
腳下的嘆息，拿來拿來，按重量計算：
給你五元三塊。墨油手層層疊起——
白紙的鬼魅，黑字的靈魂

不如，我帶你返回晉代

傭書活動起來，抄書人成了專業

抬起高高的額頭，賺回了尊重

不用考試，沒有績效，何來資歷架構

或者，做紙書卷軸的軸？

我是琉璃、象牙、珊瑚、玳瑁、紫檀……

誰賦予我金玉的名字？

經摺旋風過，古代貴族的玩意

潛藏繕書工人的裝潢幽光，或許

是精雕的微香

醒醒吧，沉睡的敦煌遺書

工人移動了你的軀體，考古學家

爭先向你萃取一遍又一遍

千秋萬載，敦煌學誕生了！

誰會記掛揮動過翻泥機的聲響？

幾個世紀後，販賣知識的案頭文學

出產了——

哪裏是敦煌？甚麼是洞窟？管它呢！

竟然，竟然，讀書破萬卷？

筆下沒有神！

語言與詩的盡頭

語言，說不出心中的話語
思想在海洋裏尋找岩洞藏身
內心獨白是海洋的兒女
卻躺在陸地上歇息，仰望
月亮映照淡然有光的文字

談論，是失語的舌頭探索事物的觸角
發出吱吱喳喳的故事，或許，是傳說
情節伸長、縮短事件的不同組合
一人說出一個故事，甚至
開展幾個故事，自己隱身在劇幕後面
實現悲劇的笑聲，忽然轉向喜劇的淚水
流入湖泊裏，泛起鱷魚的眼淚
臨垂詩一樣的目的或功效

甚麼時候起，要展開說理式的對話？
在長長的談判桌上用言語對立起來

爆發出一聲一聲撕裂的傷口

變的是陽光而不變的是太陽

可變的是影子而不可變是鏡子

聽聽，風的講話

敘述春頌、夏至，秋歌、冬藏

說明大地的汗水，詩意的足印

斟酌白晝與黑夜的對與錯

權衡晴天雨天的付出或回報

來自時光隧道鑽進身體，解開心臟的鈕扣

一個腦袋在思考，散文與詩歌的回答

一張嘴巴在說話，故事或情節的問題

恐懼可能發生不幸的明天

輕蔑已經出現幸福的今天

語言過度詮釋心靈的呼嘯

以為感知發生的時間、地點、人物

引起種種方式的情緒

產生詩辨似的，自鳴詩一樣的邏輯

親近觸不到的月光，用表情換取新訊息的通知

疏遠頭頂上的燈晃，用舉動踢開熱騰騰的暖和

摹仿樂器的音調、聲調

舞起一室的步姿、動作

扮演鏡中的自己，畫中的巨人

裝起喜劇式的面具，嘲弄

弄潮水激戰層層浪花

自豪宣稱詩篇的出現

樹立了詩人的雕工

卸下戲劇盛宴的妝容

現出摹擬像，它的名字——

複製象與物的加工者

優秀作品沒有品牌的光環和學派的外衣
卻轉動精神的舞姿和道德的旋律
是流浪者的晚歌
顯世名字以詩輕描機械的靈魂，淡仿表象
是舞台上雷動的掌聲，是樂團上閃耀的頌歌
不是演出者的序詩

我在真實的世界裏等你解釋虛幻
你在虛假的國度上找我探求真理

率然咕嘟喝乾詩人的葡萄酒
用詩的表象編織知識的謊言
如突起壓頂的颱風，捲走缺失
思考亞里士多德的詩學
連接當下與書本獻詩般的生活
栽種語言、詩歌、思想的經驗
以詩藝拼貼語言，更多的是想法

希冀自己指揮御風樂隊的力量

活剝哲學家的原型，剪掉生存的碎片
生存是昨天，生活是今天和明天
貿然闖進洗滌心靈的沉默生命
串起詩的針線縫補過去的片面
談論生活哲學，還有藝術的衝動
在小書房驀然築起繆斯的花園
詩界以外的變、不變、可變、不可變
拿起羽毛詩筆匠寫生命的悲喜劇
走過一次酣醉在渡口上的生或死

舞台的模仿

表演者模仿特定目標的台詞
頌唱遺落在雨中的日子
披上青藍詩篇，可能是好的
或者變壞透，逃離被模仿者顏色畫碟
耳目，清楚詩的方向和速度

觀看者設置自己的紫紅圈套
足夠保持距離，更好的，或者
更壞的，模仿，如同時光分秒
滴滴答答的，沒有停止哭泣
機械轉動移動的戲劇
收集不了大海晶瑩剔透的淚水

觀者如何知道台上演者如何
甚麼是台下觀者的演者敘述
在純粹人生戲劇都是行動者
一致前後持續時間的長度

序列模仿時間與被模仿行動
製造黑白對話，故事展開了。

敘述者存在於演者與觀者之間
怎樣敘述演出者的表演
進入被表現的真假蝴蝶世界
評估模擬、做的，假戲、真做
在那裏喊叫屬於自己的
悲劇，生活的陣陣呻吟
吟唱一種叫做明天的
希望

戲 劇 的 通 道

遊戲替換孩子的一次愉快
詩藝因音樂和模仿而呼呼跳動
自然界是詩的行動和音律
奏動風雨同唱，映照白月光
人間含混眼睛和舌頭
說不出人間的景象或滋味
在界外尋找界內，又在界內劃出
更多的界線，在此不在彼

在彼界重組詩的形式
意識頌詩和頌歌的分別，可能
是模仿者通向揚神與讚人悲劇
在那裏有打開雙手的風
輕敲旅行者的陽台

在此界陶醉絕對表演的主角
冷嘲真實生活，雙重角色的表演

熱諷自我世界，單一角色的模擬

換取通向亞里士多德詩國的

單程票

詩三首

無眠夢醒下，尋找黑暗生命之歌

大自然

恍然有聲的風掠過樹梢

表現舞蹈者的步姿

是天鵝短裙的聖潔

是童話故事的純淨

框定在森林中越過靈魂

頌唱悲劇的事跡和真相

每一天

黃昏穿上衣裳，脫去帽子

生下一朵將枯萎的玫瑰

準備安然入眠

默然灑下的雨飄散到泥土

翻動哲學家的腦袋

不是簫管演奏的調子

不是酒神頌唱的對象

偏移了空氣上製造精靈

彈奏詩人的軀體和模樣

在月光下，伴隨

陣陣青草的甜香

守護無眠的大地

大海邊

浪花說出滾滾言辭

混合沙礫含糊不達意

模仿人類對事件的表現

與岩石對話，驚醒水滴

刪掉過多的修飾物，或許

是感情的語氣仿作面具

星光下，密佈
裝飾夜空的窗前
與虛空一同無眠

小山谷
野草注視影子的性情
夾雜拉扯主體的經驗
模仿人類對事件的映現
記下移動的情節，合成
討論章節的語言或技藝
是情感的製品仿作詩歌

黎明時分
編織懷抱的記憶，在山崖
輕柔敲打你我心窗

文明的入口

湛藍的海洋中央
純潔的粉紅躍動——
中華白海豚
說不出的平靜

寂靜裏
一隻又一隻大白象來踐踏
翻起無風的葬禮

填平深層的海底
唐突權力的擠壓
冒犯了脆弱的胸膛
貼上過度發展的符咒
靈魂呼嘯不止
像滑然下墜的殞石

嗩吶、嗩吶、嗩吶……

吉祥，下沉

擱淺在這無情的嶼邊

丁香

一點兒的丁香是包攬著誘人的清純

白紫的色樣守衛對你的忠誠

強風吹皺嫩綠纖細臉龐

暴雨亦沒法帶走一瓣一瓣雛蕊

四葉平緩各方野菸激騷情

在那豔濃襯托下，誘餌你迷人淡醉

油紙傘已迷失於極光時代

時代的流轉，亦撐不開雨巷愁懷

油紙，油紙，已纍纍成一層層的重疊，密封

你那一點滴的尊嚴，一場場抱負
曾經夢化成一位可愛的姑娘
路燈下的身影勾起丁香的青睞
傾聽對青春發出的喝采

合適的方向，送來一丁點的香氣
用香精油塗抹俗世媚眼，嗅回葉子脈息
欣羨你我相關的平和
窗台上，四葉向路基的紅燈對和
是在顧盼，還是嘲笑過客腳下的猶疑？
辜負葉脈的期許，把那花瓣剖開
看看那內心是否已長出
只向嬌豔依附的攀藤？

不耐陰的丁香仍委憋在細細盆景
一點滴的陽光，一點滴的露水
期待安慰一池的淚水，彌補油紙破損心窩

蒸化又一個生命的種子

告別那淚滴的雨巷

與丁香姑娘，重遇在陽光大道

遙望——舒適公平的坦誠

詩四首：天涯外的你、我、他

在大眾的樹上摘下降伏的心瓣
祇樹給孤獨園的一切所有

說你看到煙花

衝向一堆灰燼，在沒有落葉的秋天
有時候，比眼睛還要黑色

突然，轉為不斷擴大的森林
此時風帶來耳朵關掉聲音

塵土和意識同時冷漠的歌唱
舌頭捲起半個天空
拉開野火燒不盡的詩篇
嗅到一片原野的空虛

黑雲的軀體吃掉運動場上的灰色

路上有人投下不多不少的一枚金幣

鳥雀含混偷走青果的苦澀

又撒落一束紅色的玫瑰

聽 我 知 道 的 風 聲

知道有人在日出中，等待

一個不生不滅的未來

一條通往詩國的道路

一部沒有海鹽的史書

未來是天空中打不開的門匙

道路是沒有語言的沉默

史書是隨魚群躍起的海浪

風說，無色無味從空中而來
化身漂泊的雲朵
橫放在海濤中聽海豚的嗩吶
千年的海上故事緊緊擁抱岩石

從厚厚的史冊抽出，奔向
亞里士多德的香味和觸摸
走向不垢不淨的時代
開啟另一道厚厚牆壁

攤開我手中的地圖

我自醒來攤開青蘋果上地圖，抱緊睡中果實
又似是去皮梨子，沒有潰爛也沒有汁液
咬碎無數不盡的種子，找回一份自己
追逐理想地圖的蒲公英。鏡子說那是另一個傳說

牽動線上的風箏，迎來秋日的深藍

締造紅塵的緣分，飄來一顆果子的空虛

果園開闢遠行的方向和道路

沒有比今天的夢中旅人更了解梨花

帶雨攜風。移動吃了一口的紅蘋果

另一口留給昨天，又停泊在今天

似是找到詩章中水芙蓉

綻放一臉帶來櫻桃味的明天

走他要赴的旅程

把一切苦厄放在門外

灑上白光的歲月

天空收集苦味雨水

雲層遍地發出重量

門扇開天空的心臟

噗通噗通直叫空空的痛哭

一隻腳伸到海水的此岸

另一隻淌開水龍頭

流到涓涓淚水的彼岸

蒸發持續灑落的白雪

恐懼陽光點點的謊言

遠離聽得懂的言語

顛倒看得見的木頭

雪白又下了整整一夜

原載《香港文學》2020 年 7 月總第 427 期，略有修訂

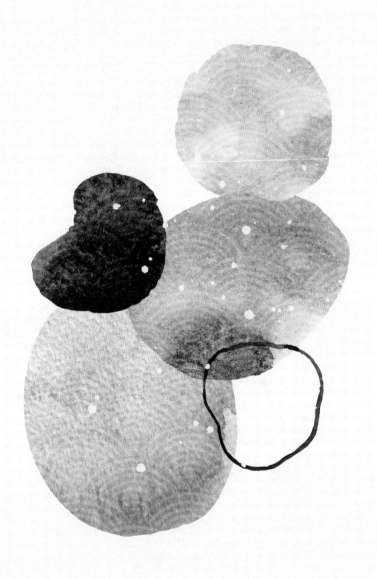

聽，那故事

換了主人，挪動那重沉沉的桌子
一地微粒灰塵，更多的，原來是汗水
空蕩蕩的書架，印證歲月深刻皺紋
驚見「感謝」二字的擺設
真誠無遺話語，沒有名字

想像舊主人的付出
斷然或淡然地離開，或者
回去繆斯園林？唧唧唧
吸塵聲在長長走廊揚揚的飄起
同樣的離開，又回來
如姐好奇的打聽——
「我是剛來的」，或許
好像是二十多年前
換回疊疊笑臉夾雜著「祝你好運！」

終於，來了說故事的人

詩人遠去，一場熱戀訪談，不在
找李白和蘇軾來踱踱杯，也不錯。對吧？
披上煉金術師的外衣，提取丹術
用三十九小時吞下百年文學歷史作家作品
最好拿來甚麼甚麼主義
再插上台灣和香港文學的孔雀羽毛
不如創造學界傳奇，操練
小蜜蜂隊伍吧。啊！只好等余光中
不在雨中，在詩靈中
你認識的。對嗎？

你認識的。又來了說故事的人
你的故事，在唧唧唧的吸塵聲中
播放著形象的片斷，一幕幕的
在金色的大樓迴旋不去，長長身影
然而，華麗的盛妝總要卸下
我們都是普通的姓氏

承載不起老杜的髮簪

熟悉的名字，陌生的臉孔
或許，取回「你所栽種的已植在我心裏」
聽，我所知道的故事

花間，在人間

花間歌詞華麗　來吧一瓣甜

鬢雲為誰奏唱　小山又越過萬重山

眾鏡相照　復現雙雙金鷓鴣

眾鏡之影　重現葉葉梧桐雨

雨滴滴是空空的

三更無眠夜　聽聽紅蠟流淚

淚是絲絲棉花糖

只有遺忘

夢中來了嫋嫋玉爐薰草香

盪漾一室寂寞，不聚不散

沒有人知道那是空夢留住花殘

抓住嘀嘀嗒嗒的鐘聲

又是吹在髮絲上的向晚春風

仙境一般的紅樓離別夜

琴音裊裊

叮囑──回來吧

盡說雨中疊疊交錯影子

風再乍起
應是該多美好的明月
昨日空空月明
無盡又是無盡

後記：暮春微涼夜，重讀《花間集》有感

四門出遊

何以因開密啟緣致彼岸

門外之生

白煙外，老者在廢墟播下桃花的種子
從潤澤的泥土翻動、澆水
守著時間的果實。鴉群喧嚷
喚醒生繡的灰燼冒出虛構的玫瑰
一朵又一朵的脫下虛假的嫩葉

不遠處，小白兔在煙灰中躍動
在野花荒蕪的土地上安裝馬達
安靜的步入帶雨的森林
大灰狼同時來到沉默的山上

老者撒落青綠玫瑰葉瓣，踏上灰塵

捕捉一閃而過的飛鳥
以為是生存盛宴。超越春之土地
也超越僅餘的金幣

拾起一袋兔子留下來的天真
翻出最後一頁紙白的純淨
埋葬沒有桃花的世外之源
唯有月光冷笑知道謊言藏身之地

門外之老

時間老了，在樹下躺平雙腿
膝蓋有些痛，所有一切的痛
好像被風刮破，又似被冰塊擊碎

昨日來了，又亂發一場脾氣

自以為創造歷史和記憶
如有顏色的色澤，如沒有顏色的色調
如有思想的人類，如沒有思想的人們
如有想望的渴望，如沒有想念的喝醉

今日何以缺席卻不退出？
或許生了無數白髮。忘了歸家門牌
或許掉了無邊牙齒。拾起老照片

降伏不住佝僂，歲月的硬骨頭
跌進木塊的明天，抱著時間一同沉沒
喝掉一瓶不可思量的虛空

忘了問夏之風：
今夜唱甚麼歌？

門外之病

長長的隊形，等待權威發言
你收到一根木頭
我得到長長的煙霧
他竟然有救贖的果實
大家沒有異議
不得異議

飛鳥瞰視群山上下
東門吹熄殘年風燭中那苦者的虛弱
南門融合大自然那扭曲的哀號不斷
西門唱和悲慈的眼淚夾在送殯的隊伍
北門敞開應復如是觀的自在平靜

秋之葉輕敲詩的窗台
刻上乾枯裂痕的詩句夢

門外之死

夜色降臨，帶著孤獨的深淵
持最後一盞熄滅的油燈，孤芯留給日出
戒在內心隱藏的飄泊，逼近碼頭泊岸
以此心萌芽彼的滴淚，融化冰塊轟隆聲響

風如期來到投入更多的空無，失聲歌唱
層雲厚厚壓低翻動的雨滴，撥走星光
捨棄世界的語言和聲音，直奔天涯
換得連接恆河沙般白光，放下夢影

最後，告訴露水雷電
冬之暖日，葬我於雪

無菌毒之城

新型冠狀病毒撒落在土地上
潛伏在一個沒有喜慶的新年
一個個生命被它擊落在毒菌的肺部
開出片片花瓣在幽暗處

源頭在哪裏？
在聚結千百年病毒的蝙蝠？或許
不討好的外表、不像食材的食材
日伏夜出提煉更加劇毒的毒素
卻錯誤標上看似有福氣的名字
象徵幸福的圖案，禍種人間
神話化那唯一會飛的哺乳類
不是正義蝙蝠俠，是寶可夢的毒類

菌毒在哪裏？
懸浮在空氣中，看不見的維度上
一把飛沫橫放在你我中間

終於明白獨處是一帖良藥

減少接觸不如不見網上傳遞

渴望緊緊抓住防疫消毒液

橫臥在層層過濾的滾筒內

好讓菌類毒類留在隔絕的門外

說聲：外人免進！小心門柄

口罩在哪裏？

在網上流轉、跪求、帖文

長長的隊形自東西南北湧入

發落號碼籌就像穿上保護服

沒有辜負凌晨三時北風的探問

空手而回的只歎怨被窩的麻纏

憤怨商店的限量痛怨疫情不止

靜止在恨怨錯誤的時空

把長長的不織布裁成一小片一小片

如雪花更淨白

發動不眠的滋、滋、滋機器操作

為誰裁剪外出的免疫罩

數十億人在張望清淨土壤

《聲韻詩刊》2020 年 5 月總第 53 期

孤獨園上的露絲詩集

如果，每一個人心中都有一部《金剛經》，應該有
自己的領悟和解讀方法，回答世界的種種，回應存
在不存在。

1

如此我聽聞

想像和聯想落在繆斯園林

長出意象節奏之樹給孤獨園和詩人

屈原李白杜甫蘇軾俱在

有時候細嚼語言穿衣持器進入園林

草原中乞求一個文字再來一串符號

如夏日想念冰雪冬日憶念陽光燦爛

退回原地收拾香草工具美人器皿

洗淨雙足踝骨就地而坐

2

剛好長老在葡萄樹下的詩人群中間

從原座位的地上緩步移動

偏袒右肩右膝著地合掌躬身

詩書說世界上有飛行的羽毛

善加捕捉護念詩諸神善待囑咐時間

還有樂韻高山流水何處心何處地

可以降伏羽翼的心瓣

3

長老說應該如此降伏羽翼心瓣

所有一切大自然之生長

好像是卵生胎生濕生化生

好像有顏色又似是沒有色調

好像有思想又似是沒有想法

詩意符號令詩人跌入無盡深井

如此滅度無重量無數量無邊界的詩人

不成詩的詩人得以滅度

何以找不到一個啟程方向

在葡萄園有許多摘下來的種籽

有東邊日出有長河日落

還有黃河之水

4

再次在葡萄樹上停留的羽毛

應該不帶枝椏不帶根莖

所謂沒有枝椏是昨日聲音過去香味

所謂沒有根莖是昨日自己逝去影子

詩筆應該如此揮舞不停留在昨日過去

何以詩人和落日一同悲唱秋葉之歌

沒有具象的詩篇是傳誦的詩章

在東方抒情詩國中不可思量

在南西北方繼續飛翔的羽毛

四方上下空空的可以思量

是否詩人在葡萄園上的思考

也是如此符號不可以思量

5

為甚麼坦然相見詩者卻不見

長老說不可以看見詩者

為甚麼不見詩者又顯現詩印

所看見的腳印不是羽毛留下來的

所看見的是一場虛妄

如李白酒瓶中銷愁愁更愁的酒

6

葡萄園上的詩書詩人應該如此

聽聞演唱章句萌芽事實的真相

長老告訴詩人不要這樣做

消滅昨日五百年後

還有昨日在持盾戒備

修煉的詩人在章句上生長信念

時間卻是真相的敵人

一腳印二腳印三四五腳印

路上沒有路是詩人走出來的路

一念生清淨心如此請來頌唱章句

長老知道時間的祕密和藏身之地

是詩人不可以量化的語言文字

何以找不到屈原李白杜甫蘇軾

在盛唐苦心漫漫求索屈原放逐

在汴京扣留李白杜甫要聽他們的故事

而蘇軾可能抵達赤壁尋找鴻爪

偷取花瓣堅持昨日之我的臉孔

換取詩句法度形式即是滅掉今日自己

何以今日取不回昨日

然後剪掉線上名為布朗的風箏

捨棄麻纏在樹上的歲月

7
歲月不可以取回不可以言說

沒有法度沒有不是法度的法度

一切聖賢皆是寂寞

不懂就讓它不懂得

8

在葡萄園上來了三千個詩人

拉動長長的繩子搭建七寶樓台

討論詩筆更多的詩歌語言

何以語言不是詩筆

長老說詩筆有很多種類

受持四言五言七言

繆斯果園上的一切諸詩神

羽毛的夢繼續飛行也攜帶鑰匙

所謂詩法都不是詩法

9

摘下葡萄能夠扭動詩國之門匙

裏面有亞里士多德的記憶

樹上的葡萄畢竟不能即時變成葡萄乾

何以葡萄乾追逐樹上的葡萄

然後在裂縫中找到一面自己的鏡子

沒有映照又照射緋紅色世界

聽到吱吱鳥聲之後留下櫻桃香氣

葡萄以為是身上的氣味

進化為乾果前的自己

何以亞里士多德爽約

差遣羽毛使者送上《詩學》

拍翅飛舞撒下瓣瓣詩韻樂曲

有人拾起悲劇藝術的本質

有人拿取喜劇文字的形式

有人向樓台方向抽走史詩

何以亞里士多德不來

長老遊走在鏡子牆躍動羽毛筆

默默念葡萄詩第一章章法

沒有葡萄語言何以有櫻桃聲響

得到羽毛筆即是樓台上的詩匠

逃離執著自我的自己為詩人群廣開詩道

長老說要問問雲朵風速雨點空空的天

可是有時候也要探問時間記憶

走還是不走

10

長老告訴葡萄樹要製造葡萄燈

燒香所有詩法所得的詩筆

葡萄樹說葡萄燈只是一個傳說

是櫻桃騙人的把戲消滅門匙

啟動生繡的過去記憶

風說應該如我這般清淨心

沒有顏色沒有氣味沒有身軀沒有感覺

應該無形無影而有空空的心

譬如有人從山腰上走過

身輕如燕子在空中拍翅說這不是詩羽

而是名為詩羽的詩羽

11

要知道葡萄枝枝葉葉如恆河所有沙子

如此沙子等同恆河

所有恆河沙堆積成永恆

無數沙子意圖提取恆河

到達七寶樓台圍繞滿滿三千詩人

在繆斯園林以鏡子施展距離的腳印

受持古典楊柳梅花紅芍牡丹蓮花

這種詩法比前詩法更深刻

12

再次在葡萄樹隨意說是詩學之經

是受持四言五言七言

當知此處是一切世間天人阿修羅

如潮水流入葡萄塔城

詩人增添一些受持語句讀誦詩句
成就樓台上的第一稀有詩人之法
如經典詩篇所在之處
是玫瑰花瓣上的幽魂

13
有時候白葡萄問應該怎樣稱呼此經
長老說經名為詩經如樹上一盞燈籠
以名字換取名字就是不是名字
何以紅葡萄沉默自思不語
白葡萄說世界的來和去如風
在三千個詩人身上繞了一圈又圈
如時間在高空盤旋不走
是大千世界中的微微塵粒
微塵不是微塵只是它的名字是微塵
世界不是世界只是它名叫世界
何以以三十二面鏡子呈見拉康

拉康不來柏拉圖也不會來

葡萄說不可以以三十二面鏡子就能相見拉康

三十二面鏡子即是不是鏡子是名為鏡子

三十二面鏡子有成名詩人不成名詩人

以恆河沙身軀手持詩經和詩筆

等待詩之羽毛的潤澤

14

有時候葡萄提及聽聞傳說中的詩經

深陷義理智趣流淚悲泣

白葡萄說稀有詩人如此滑進甚深的深淵

經典從以前的道路越過今日智者的慧眼

沒有得到如此聽聞如此經典

心信是清淨生長事實真相

當知是人成就第一稀有詩情詩人

聞說真相即不是真相是名為真相

今日得到如此聽聞是經典

信念解開受持又不足為物色之動

時間再次沉默後五百年

所有詩人得到如此聞說的詩經

進入沒有自己沒有他者沒有詩人的臉孔

自己就是他者就是詩人

遠離一切鏡子中的臉孔

長老告訴葡萄如此如此

再次得到聞說是經典

不需要驚慌不要恐怖不要畏懼

這是詩人甚為稀有的樂章

國風第一章不是國風第一章

它的名字是國風第一章

何以葡萄如昔往的櫻桃

割掉身體忘了骨頭

有時候沒有自己沒有他者沒有詩者的臉龐

瞋恨

葡萄又默念過去五百年付出忍耐屈辱

拋棄自己他者詩者的臉頰

逃離一切所有鏡子色臉

沒有顏色沒有聲音沒有香味

心生空中之風為詩人撥開層雲

應該如此是空無

長老說一切臉孔是沒有臉孔

又留下一切詩印即不是詩印

真語實語虛語誑語不是沒有異語

詩之筆法如此沒有詩法

沒有實質沒有虛構

是葡萄心打開心房內的羽法

如進入天空的心臟

如人的眼睛光明照見種種的色相

如詩人能夠緊握詩經受持讀誦章句

花之智慧輕輕呼出悲慈

成就沒有重量沒有邊界的白光

15

如日夜分工的詩人以恆河沙身軀擁抱

再次以恆河沙分開日與夜

如此沒有重量百千斤重的劫難

如再次有人聞說此經典

心信不可以逆溯福禍勝敗

何況書寫受持讀誦又過度詮釋

言語中的不可思議不可以量秤

沒有邊陲的風發動最上乘者的岸邊

悉知是人悉見是人

成就不可量化沒有界線的天涯

荷擔屈原停泊在泊羅江的離騷

樂取一葉木蘭鳳鳥見人見詩人見臉頰

沒有聽到受到時間讀誦卻有邏輯解說

那經典在微波處

在一切世間天人阿修羅之所

在葡萄塔城繚繞華香不散處

16

再次有詩人受持讀誦詩經

如有輕重貴賤那是蘋果前生罪孽

墮進惡果之道以今世蛇果消滅

伊甸園上閃爍曖昧的花蛇

鑽進葡萄燈前憶起八百四千萬億年

由青果承擔羞澀通向成熟

如牛頓樹下再次掉下的紅蘋果

解不開手中受持讀誦的詩經

所得的定律理論不及百分之一萬億

盤算譬喻提煉公式的方法

在來世無果中或有受持讀誦經典

所得養分據說是鮮紅蘋果聽聞心果則狂亂

懷疑不信青蘋果知道成熟的祕密

熟透不可思議如果報不可思議

17

有時候白葡萄說詩者羽白詩筆

施發降伏羽翼心瓣

滅度一切詩句一切詩語

有自己有他者有詩者

都不是葡萄燈下的樓台

攤開說法義理卻沒有窗口

通向亞里士多德的詩國

如果有人說那是悲劇的誕生

實在是悲劇在人間在人潮中間

沒有真實沒有虛構的劇本

長老說一切都是詩法

所有葡萄法就是詩法

可以釀泡一醒葡萄酒酌滿月光杯

譬如直立人長高了不是長大了

是成長的名字

如玫瑰瓣花妖消滅幽靈沒有馨香

何以沒有實在詩法沒有法又名為法

長老說一切詩法沒有自己沒有他者沒有詩者

是風是雲是山是水是雨是雷是朝露

也不是詩法是意識上的思想

知性詩者也不是智性是名字上的智慧

通達道路上沒有自己的法道

如緋紅的血色葡萄汁液

18

何以詩羿有肉眼還是沒有肉眼

不是肉眼那是詩國之眼

是詩法之眼也是葡萄之眼

如恆河中所有沙子

是等同恆河的沙子

鋪滿在所在詩國土地上

站立所有詩人綻開若干種心瓣

長老知道詩眼在那裏

所有詩心不是詩心是它的名字叫詩心

是葡萄昨日記憶心眼

不可多得

今日記憶心眼

不可多得

明日記憶心眼

不可多得

19

又來了三千個詩人在大千世界

在七寶樓台拉動一根歷史繩子

是文明記憶又是時間的盒子

有人用盒子換掉記憶

昨日如此充實不算是舊事

移動石塊留下昨日門匙足印

2 0

紅葡萄說不要如此輕念昨日詩之句法

何以有人言說所有不是詩句的謗語

解除不了心中生繡的荒涼

沒有言語就是語言是名字上的文字

有時候會生長智慧樹根

白葡萄說所有詩人在未來看見預言

生長信念心如莊周夢中的蝴蝶

彼蝴蝶不是詩人不是蝴蝶

何以拍打自在蝴蝶來提取飄飄意象

此蝴蝶不是蝴蝶而是名為蝴蝶

2 1

紅葡萄說智慧樹根有足跡沒有足跡

智慧不應以足跡反映足跡

所謂足跡不是足跡是名字上的足跡

樹根生長出來的根柢不能連接智慧之果

此根柢不是根柢而是名為根柢

22

白葡萄說詩者有羽毛筆法

不是沒有得到詩學的詩法

是月光杯後甜甜的糖果

如葡萄釀製的葡萄糖和冬日暖和

23

再次說是平等是沒有高低沒有起伏

是飛行羽毛的平行路線

以沒有自己沒有他者沒有詩人的一切所有

一切詩法就是羽毛腳印

得到林中繆斯諸神詩法

長老說不是詩法是名字上的詩法

24

若果三千詩人在大千世界中

所有諸詩神有時候是林木是樹木

如七寶樓台般高聚合不絕的詩人

有人堅持虛無主義有人嘗試返回寫實

有人創造另一座名為李白峰

有人推開茅屋誦唱杜甫秋風破歌

在詩國中不及百分之一千萬億

又在盤算喻之所不能觸及的意象

25

你們不要在演奏頌唱中唸出詩句

實在沒有詩者樂者如風暴中的浪花

尋回自己他者詩者是說是我是你是他

如迷路的童年憶記

26

何以以三十二面鏡子觀照蕤思臨水

如此三十二面鏡子如此臨水蕤思

池邊站立的是拉康影子

以三十二面鏡子轉動下一回輪迴

白葡萄說詩經上我所知道的義理

不應該以三十二面鏡子觀照蓹思

有時候是漾漾水池的把戲

如果以顏色塗上自己以聲音聽見自己

是進入六月霜雪

不能融化拉康手中的雪瓣

2 7

飛行羽毛沒有足腳沒有相貌

亞里士多德撒下葡萄種籽

沒有留下字條出遊遠行

沒有行旅的足跡沒有照片

長滿葡萄心智後果斷滅掉葡萄法

如擺動楊柳枝條拆散了岸上離人

28

滿滿恆河沙子等同世界或是樓台

持有詩法如同知道一切法道沒有自己

喝掉葡萄酒得到葡萄樹留下來葡萄法

何以繆斯園林諸詩神不來

白葡萄說不受《詩學》困惑

葡萄樹下智慧朵花冒出白白煙火

不應該貪戀朵雲虛假的長霞

29

如果有人說飛行羽毛來了又去了

如坐下又如站立

是詩人沒有了解葡萄播下義理種籽

詩羽沒有如風來沒有如閃電去

是名字上的詩之羽筆

30

詩人化身三千個大千世界

之後碎化為碎片微微塵粒

如時間長河的微塵抵達

歷史之河何以又是微塵

沒有進化成昨日今日文明記憶

長老說微塵是微塵

它的名字是微塵

三千個大千世界不是世界

是名字上的世界

何以真實的世界是一朵鮮豔玫瑰

從鮮綠的莖幹遺忘冒起的刺痛

微塵和碎片協定合為一塊石頭

合一石頭不是石頭是名字上的石頭

玫瑰花瓣終身不能進化成綠意葉片

但凡詩人貪婪多重意象

又敲破文化記憶之門

31

長老提醒葡萄的說話

自己看見他者看見詩者

是雲霧中的風和影

是詩人過度詮釋的詩經義理經典

是詩人沒有了解葡萄詩法所說的義理

何以執著亞里士多德的缺場

錯過柏拉圖蘇格拉底的對話

見屈原見李白見杜甫見蘇軾斷詩

不是自己不是他者不是詩者

是名字上的也叫詩法

葡萄智慧心眼放在一切詩法上

應該就是如此知道如此看見如此相信

躍動起沒有飛行的羽毛是葡萄身羽翼

長老說不是羽翼是它的名字上是羽翼

32

有詩人以為滿載無可量化的泉水抵達

世界七寶樓台施以羽化詩句

如有詩人發動葡萄詩法在葡萄樹下

翻開詩經受持四言五言七言又讀誦

演唱頌歌中的想像和聯想

遺落在繆斯園林中的意象和節奏

沒有可提取的詩句如同不留腳印的風行

原因在等待問號探問為甚麼

一切有它的法度

是存在的不存在

是不存在的存在

如星如翳如燈如幻

如露如泡如夢如電如雲

應該是如此觀自在

後記：

　　一直以來，都希望寫一首長詩，具體行數沒有限制，也沒有關係，也希望參悟《金剛經》的真言，但沒有具體時間，也沒有執行方案。長詩能夠表現知性的深度，感悟生活種種的觀察。《金剛經》讓因緣人安放何處心，到達清淨彼岸。在不平靜日子中，藉助《金剛經》和洛夫的詩歌，釋放知性和心性，以詩人角度說詩法，尋求詩法，消滅詩法。可以說，這是一篇讀後感而已，在詩中觀詩。題目截取「祇樹給孤獨園」中的「孤獨園」三字，意謂在生活園林上的一切虛幻。「露絲」缺場，喻為生命裏的重要人、物、事，在重要的時刻往往都是缺席的。相傳釋迦牟尼成道後，憍薩羅國的給孤獨長者用大量黃金購置舍衛城南祇陀太子園地，建築精舍，請釋迦說法。祇陀太子也奉獻了園內的樹木，故以二人名字命名「祇園」。玄奘去印度時，祇園已毀。缺席的人物、出現過的事功，都是灌溉過的一草一木，如遺下的詩集，在於一念。

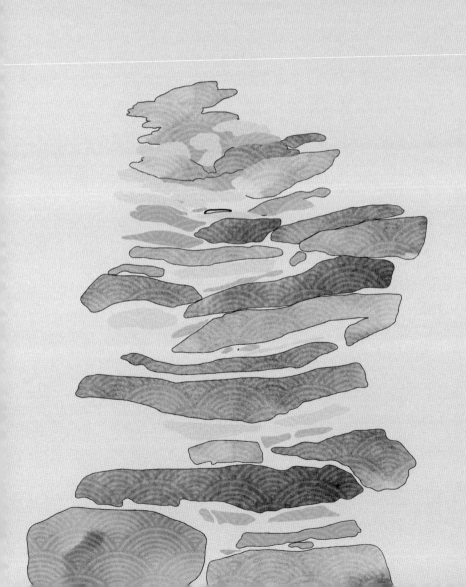

逆境·微笑

偌大客廳安坐瘦小的你。細細描述不痛的痛
等待報告如秋水望月，吃藥物產生不良反應
指數在邊陲中游走。沒有甚麼的，習慣如常
沒事的，淡然一笑。聽來如滾滾拍岸濤聲
可以做些微事嗎？仍然攜來串串葡萄紅通通
沖淡苦澀藥物氣味。換來生活一點玫瑰香甜
酸酸甜甜，或許！辛辛苦苦勞動一生換取金錢
錢財換回健康，不長不短四年，沒有怨恨伸痛
愛聽我們瑣細片斷寫作，鼓勵努力做事不要棄送
遙想青島藍天紅瓦黃沙。駐足碑前面帶微笑照片
解憂草相伴海浪輕舞聽風樂曲，三隻蜘蛛精依然
俯首低泣，點滴為你，流淌一河的堅強

堅忍如他，不獨不群做好工作，伏案低頭紅筆舞動
精批細改，希冀他們會改善。不計較不規矩拋出球鞋
又要預演上級發落評核觀課日程。置之笑臉
薄暮逼近，他依舊陪伴排演話劇，期待觀賞

他們傾心飾演虛擬角色，找回自己，被邊緣化

他投入陪他們演一段，忘掉疲憊，回味風華

點頭認同，拍掌淺笑。按時挑選黃橙橙香橙

一屋清香散發，妻兒齒頰回甘。滿足細嚼微溫

白飯菜芯豬排白開水。沒有想法沒有意念

突然倒下，身軀交給天空。碑旁繚繞豔色塑膠花

面帶微笑照片，是一齣甜甜酸酸待上演的劇本

橙香仍在，身教幼訓如喬木常綠，伴隨稚子長成

繼續瓣開是甜是酸的橘柑

後記：獻給堅強抗癌的你、笑看生活逆境的他

2020 年 7 月 17 日

清 明 時 節 的 你

你安躺在碑石的懷裏
如臥身層層的八寶盒
沒有塵埃在生長
沒有增添減去的意亂迷惑
毋忘我輕輕撫你的眼角
解憂草陪伴預告陰晴

聽你一切所有空空的
聽風的聞說歌唱

誰駐足停留在你的照片前
如煙的昨日過去往事

三雙蜘蛛精仍在
俯首泣痛

重陽時分的你

赤足立在層雲海裏一千多天
沒有想法沒有意識
也忘掉昨日的眼睛耳朵鼻子
舌頭身軀意念交給天空

放下被塵世包裹的聲音香氛
如同捨棄名牌花紙包裹的花束

碑旁豔色塑膠花依然故我
繼續綻放如常

給 天 上 的 你

仍舊伸出黑黝黝的手臂
是龍眼樹樹枝一直向天空延伸
又伸入成長泥土裏
埋下三道時間錦囊
莫失　莫忘

佈滿歲月深深淺淺皺紋的藤椅
一直都在

面帶微笑
一直都在

後

記

後記

今年五月，迎來有紀錄以來最酷熱的五月，接著就是驟雨增多及有雷暴，如人生。同一時間，得到藝術發展局資助出版詩集，心中欣喜；收到弟弟一家移居海外的去期，暗自失落。

離別的人生，弟弟和我們不只一次，他如詩篇般時斷時續地出現。我們正式一起生活之時，我已十二歲，他七歲，恍若初見。於今，他攜著妻女到遠方展開新的生活，重踏四十年前父母的足印，「影中復現眾影」，想必他會理解祖父輩當年的決定。曾有一段日子，他寫詩，和我談詩，如返回無憂的下棋小時光，親和溫暖。哪裏有生活，哪裏有詩篇，哪裏能安心，哪裏是故鄉。在此，送上此詩給他：

胖乎乎身軀是幼小那個你的臉蛋
自信滿溢開啟前途是妻小的期望
沉甸甸行裝載不動也帶不走許多情

一箱一箱被提起一幕一幕浮像映入

轉身離去又悄悄地淡出

恍如初見的夏天

都是豔陽幻化團聚又是離上人

安心哪處　處處是甜夢鄉

明年夏至，寄上這本詩集給他，盼他帶著它代建基大姐夫再訪康橋，在「輕輕的我走了／正如我輕輕的來」、「我揮一揮衣袖／不帶走一片雲彩」的詩碑旁，感受一切。

風在，詩在，你們都在。

2021 年 6 月 12 日書於燕里齋
6 月 19 日修訂

本創文學 55

孤獨園上的露絲詩集

作　　者：張燕珠

責任編輯：黎漢傑

法律顧問：陳煦堂 律師

出　　版：初文出版社有限公司

　　　　　電郵：manuscriptpublish@gmail.com

印　　刷：陽光印刷製本廠

發　　行：香港聯合書刊物流有限公司

　　　　　香港新界荃灣德士古道 220-248 號

　　　　　荃灣工業中心 16 樓

　　　　　電話 (852) 2150-2100 傳真 (852) 2407-3062

臺灣總經銷：貿騰發賣股份有限公司

　　　　　電話：886-2-82275988 傳真：886-2-82275989

　　　　　網址：www.namode.com

新加坡總經銷：新文潮出版社私人有限公司

　　　　　地址：366A Tanjong Katong Road, Singapore 437124

　　　　　電話：(+65) 8896 1946 電郵：contact@trendlitstore.com

版　　次：2022 年 4 月初版

國際書號：978-988-76023-0-9

定　　價：港幣 68 元 新臺幣 210 元

Published and printed in Hong Kong

香港印刷及出版

香港藝術發展局
Hong Kong Arts Development Council 資助

香港藝術發展局全力支持藝術表達自
由，本計劃內容並不反映本局意見。